KB269108

# 돌 하나 고이다

책 만 드 는 집
시인선 015

이종남 시집

# 돌하나 고이다

책만드는집

| 시인의 말 |

삶의 지침 하나를 세우는 일이 시인 줄 알았다.
멋진 말 한마디로 세상은 이런 것이라고
규명 짓는 일이 시인 줄 알았다.
그도 저도 아닌 것 같아
그냥 있는 대로 담아보기로 했다.
그러나 여전히 모르겠다. 다만
여기 실린 단 한 편이라도 영혼의 집에
돌 하나 고이는 역할이 되었으면 하는
생각을 해본다.
오래 글밥을 나눠온
너른고을 문우들과
창작기금을 지원해준 경기문화재단
묵묵히 성원해준 지인들에게 감사드린다.
부실한 시에 해설을 실어준 길상호 시인과
'책만드는집'에게도 감사드린다.

—가을 오후, 그림자가 참 깊다.
2011년 너른고을에서

1부

# 큰 손

소나기 멈추자
물방울들이 전선에 대롱대롱 매달려 있었습니다
팔다리 다 잘리고 눈물만 남아서
가슴이 말갰습니다
스치기만 해도 뭉개질 그들을
하늘의 해가 덥석 안아 올렸습니다
천 번, 만 번쯤
매달린 것들의 허리를 안아 올려
눈물이란 눈물 죄다 사라졌습니다

순간 쨍 천지가 빛났습니다

# 그 방에는

바람이 분다
바람에 실려 온 햇살이 벽으로 철렁 떨어진다


햇살을 받아먹고 조금 더 낮이 두꺼워지는 고구마
아랫도리는 이미 세상 밖으로 나가는 길을 잃었다
가방을 들다 말고 물뿌리개로 물을 뿜어주는 여자
등을 한 번 뒤채 누여주곤 방을 나간다
그늘이 타는 방 안에서 붉은 손가락 하나 유령처럼 올라온다
넝쿨은 이제 가는 손가락으로 벽을 탈 것이다
여자가 돌아오기 전까지 조금이라도 그늘을 밀어내야 한다
제 속의 푸른 창을 하나씩 열어 보여야 한다
그것이 그가 할 수 있는 전부다
여자는 돌아와 환한 얼굴로 물을 한 번 더 뿌려줄 것이다


그 방에는 오로지 배로 바닥을 기는 생이 있다
창으로 비치는 햇살과 여자가 뿌려주는 물이 전부인
캄캄하고도 황홀한 길이 있다
이들의 동거가 언제부터였는지

방을 열면 긴 혓바닥으로 서로를 애무하는 푸른 침대가 보
인다
봄날은 이들이 촉수를 더듬어가는 사랑의 안쪽이다

# 겨냥도

당신들은 언제나 나의 평면만 볼 줄 안다
생의 각을 접느라
저 안에서 평생 실눈 뜨고 있음을 모른다
그 한 땀 한 땀의 눈물을 모른다
언제나 평면만 읽고 가므로
내 안의 허공도 모른다
그 외진 길을 그릴 줄 아는 사람이 있다면
제 전체를 담을 수도
나를 전개할 수도 있을 것이다

실은 우리들
언감생심
그런 사람을 기다리는 것이다

# 터미널

엔진에서는 기차 소리가 끓었다
먼 산을 돌아온 바퀴들이 실어증을 앓고 있었다
터널을 건너는 동안 어둠에 절여졌구나
먼 세계에 대한 궁금증이 바퀴처럼 바닥을 굴러다녔다
나는 그럴 때마다 버스에 올라탔다
배낭을 메고 바퀴의 말을 깨워나가기 시작했다
궁금증은 차창 밖에서 폭설이 되었다
업무는 쓰러졌고 하루는 충분히 불량했다
어디랄 것도 없이 가다 내리고 가다 내리고
혼자서 풍경을 흔들다 돌아왔다
밖에 나가도 여전히 밖이 있었다
이게 아닌데 생각할수록
떼죽임당하는 시간들

산과 들을 넘어 언젠가는
반드시 저 밖을 안으로 끌고 와야지
배낭을 싸놓고 실은 수십 년째
사무실에 앉아 버스를 기다리고 있다

# 못

못 하나 벽에 박혀 있다


저를 가두어야 하는 캄캄한 내부와
무엇이든 걸지 않으면 무용지물이 되고 마는 바깥
누가 무엇을 걸어 올지는 모른다
그가 해야 할 일은 고작
휘거나 부러지지 않도록 탄력을 유지하는 일이다


뚫어진 바지든 때 전 런닝구든
걸리는 대로 아름다운 풍경이 되고플
못의 꿈을 생각하다
적막한 열망을 들킨 듯 진저리 친다
벽 속에서 나는 자꾸 흔들린다


여기가 결 고운 나무 속이든 견고한 콘크리트 속이든
결국 흔들리다 빠지거나 녹슬어 부러질 것이 아닌가


나는 못 아래서

사소한 걱정에 대해 묻지만
못은 닳으면 닳을수록 더욱 윤이 날 뿐이다

우기의 눅눅한 바람이 지나가는 사이
오늘도 녹을 삼킨 못들이
세상을 걸머멘 채 집집이 박혀 있다
그 풍경 속으로 저녁이 온다

# 박꽃

울타리에 우두커니 여자가 서 있었다

아무도 오지 않는 어둔 마당
달바라기에 혼을 쏟는 꽃이 있었다
방문을 열고 뛰쳐나가
숨이 멎듯 그 꽃을 바라본 적이 있었다
달빛도 차마 꽃보다 환하진 못했다

거기 달빛 속으로 무엇이 오긴 오는가

밤에만 둥싯 떠오르던 꽃의 날은 갔다
달처럼 살을 부풀려
이 집 지붕 맨 꼭대기 위로 떠올라야 했으니
꽃의 기억은 살을 부풀려야 하는
고된 노역 속에만 남아 있었을 것이다

용마루를 힘차게 끌어안고 홀로 황홀히 부풀던 생
어머니의 세월 속에는 꽃이 무너진 슬픔이 고여 있다

우리들, 만월처럼 차오르는 꽃의 슬픔을
바닥이 나도록 파먹고 자랐다

# 낙타

이 마을 낮은 지붕 아래로
홀씨처럼 날아든 부부가 있다
종일 천둥처럼 망치를 내려치는 사내와
내려치는 대로 구멍이 뚫리는 그의 여자가 있다
어느 사막을 걸어서 여기까지 온 걸까
내려칠수록 견고해지는 세상에서
겨우 지하 단칸방 하나를 뚫어놓고
꿰어진 것은 보석이 아니라
보석 같은 자식이라서
먼지 풀풀 날리는 바닥에서
세상을 통과할 구멍을 뚫는다
뚫어도 뚫어도 세상은 뚫리지 않고
가슴속 구멍만 나날이 뚫리는

낙타가 바늘구멍에 들어가기란
붕어빵의 붕어 같은 거짓이 아닌가
그러나 희망이란 누구에게나
붕어빵에서 붕어를 낚는 일일 것이다

오늘도 비는 내리지 않고
붉은 달빛 아래 사막의 밤이 깊어간다
얼키설키 연장 끝 꿰다 만 발치에서
웅크린 몸들을 달빛에 꿰어
그들이 잠을 잔다


드디어 바늘구멍 속으로 걸어 들어가는 순간이다

# 바람을 희롱하다

어떤 비열함으로도 어떤 폭력으로도 도저히 없앨 수 없는 뻔뻔스러움이 그들에겐 있다 쓰러트리고 뒤엎고 싸움 붙이고 다시 바닥으로 내던지고 벼랑으로 굴리고 또다시 머리채를 잡고 턱을 들어 올리는 동안에도 두 팔을 뻗고 두 손 들어 올리고 물 위로 다시 올라가 지푸라기가 눈에 띄자 이렇게 깜찍하게, 발칙하게, 능청스럽게 어느새 푸른 보따리까지 챙겨 들고 내 창까지 헤엄쳐 왔다

칡덩굴, 오늘은 바람의 멱살을 잡고 하늘로 걸어갈 태세다

# 엄마~앗!

껍질이 대책 없이 쭈글쭈글해진
불 뙤약볕을 모질게 걸어온
물컹, 한입 달게 베어지는
비바람도 잘 견뎌낸
제 씨를 주야장천 가슴에 품은
용케 썩지 않은
벌레가 군데군데 똥 누어놓은
내년에 열릴까 말까 한
자기를 쏙 닮은 살구 하나 주워 들고
이게 뭐냐고 한참을 들여다보다
호박 단추라고 우기는
젊은 딸을 보고 엄마, 엄마 그러는

# 나비

베란다에서 일생을 견딘
천으로 만든 붓꽃 한 송이
헐벗은 채 겨울을 지내고도
속없이, 속절없이 활짝 웃는다
창문으로 날아든 나비 한 마리
한참을 앉았다 날아간다

필경 저 나빈
평생 변변치 못한 꽃가루만 실어 나르다
덜컥 마누라 죽자
넋이라도 만나면 용서를 빌리라
다짐에 다짐을 한 사내일 것이다
그렇지 않고서야 향기도 없는 꽃에 깃들어
한나절을 저리 쥐 죽은 듯 무릎 꿇다 가겠는가

오늘도 노숙의 그는 아내 곁에서
힘없는 날개만 파르르 떨다 돌아갔다

나비는 다만 나비로 살았으나
꽃은 또 꽃으로서 살았으나
저 풍경 어느 안쪽엔
끝내 서로 가닿지 못한 시린 봄이 있었을 것이다

# 대나무

봄볕 한 사발 들이켜고
그 나무 거나하니 배가 부르지
희희낙락 하루가 푸르지
푸르지
사시사철 미끈한 등허리
그런데 그의 몸에선 텅텅 소리가 나지
멀쩡한 허우대 속 적막이 살지
누군가에게 등골을 다 빼줬나
그래서 사시사철 목말랐던 것인가
하여 제 몸에 허공을 키우고
푸른 비늘을 매달아
끝없이 공중으로 날아오른 것인가

저게 기쁨인가 슬픔인가 생각하는 사이
몸 어디선가 또 빠지직
결 다듬는 소리

어느 깊은 곳을 건너나 보다

# 품을 떠나다

손아귀가 다 자라
이젠 들여놓을 수도 없는 달개비
분을 넘어간다
그렇지 아우라지 강물
뿌리는 여기서
줄기는 거기서 나이테를 감지
삭은 뿌리를 딛고 또 몇 고비를 넘지
돌담 무심한 둥치 위로
햇살 가파른데
밭이 아직 멀다 달개비여

힘줄은 지렁이 허파처럼 부풀고
옆구리에선 흰 발톱이 돋는구나
거기 시멘트 바닥에서
갸들갸들 푸른 웃음을 피웠구나
객짓밥 삼 년에 눈치가 구 단이구나

# 성장

한때 어느 흙 속의 부드러운 살이었던
애벌레가
무서운 욕망을 품고 날아올랐다
득음이 있다는 것을 알아챈 것이다


이제 세상은 울어서 넘어야 할 수천의 산이다
목울대를 내리쳐야 닿을 수 있는 세상
세상은 날아오르는 울음으로 팽팽하다


울음이 노래로 치환되는 절명의 순간을 위해
탕 탕 제 목에 구멍을 뚫는 매미
절벽을 타고 공중에서 하늘로
이 울음에도 못 끼면 추락하고 만다고
휴일도 없이 오밤중에도 매애애매애애앰……


오늘도 도심 높은 가지에서
득음의 세상을 위해 야근을 하는 아이에게
밥은 먹었니? 실없이 안부를 묻고 돌아선다

매미 울음 흑흑 살을 파고든다

# 월광곡

그대가 어둠을 지고
한 그루 나무로 흔들리고 있을 때
나, 조용히 그대의 뜰을 찾겠습니다
아무도 이 어두움 어찌할 수 없고
우리 또한 이 밤을 건너야 하기에
그대 앞에 깔리는
한 필의 흰 무명이 되겠습니다

삶이란 피아노 건반처럼 높낮이가 깊어서
우리가 수십 개의 음표로 튀어 오르듯
수척해진 그림자를 내게 기대고
그대 긴 밤을 견뎌야 할 때
나, 그대 대신 하늘 높이 튀어 올라
그대의 어둠을 덜겠습니다

그대가 그대의 어둠으로 스스로 깊어져
숲의 속삭임을 귀담아듣게 되고
드러나지 않는 자신을 두려워하지 않게 된다면

찬란한 세상을 가져다줄 순 없더라도
그대와 함께 보내는 이 시간을
사소하다 말하지 않겠습니다

이윽고 그대가 아침의 나라에 다다라
반짝이는 날개로 날아오른다면
그땐 고요히 자취를 닫고
멀리 산 너머로 돌아가
없는 듯이 또 그대 곁에 있겠습니다

# 골짜기에 벚꽃이

산비둘기 한 마리 허공으로 날아간다
주르륵 엎질러진 울음만
흥건히 고인 골짜기
울음에 젖은 한 여자
풀에, 흙에 엉겨서
평생을 질척인다

콩 심고 보리도 심으며
구구한 세상 구수하게 살자고
국―국 구후―국
비탈밭 댓 이랑을 종종종 치닫던 남자
골짜기에 여자만 남겨놓고
어디론가 날아가고
그 남자가 떨군 울음 때문에
제대로 푸르러보지도 못하고
하얗게, 하얗게 머리 세가던 여자
산벚나무가
한숨처럼 꽃잎 풀풀 날리다

살을 벗는다

봄날이 간다

# 창

이른 아침 높은 나무 위에서
까치들이 산을 다 뒤집을 기세로
날개를 퍼덕이는데
울음마다 피가 맺히는데
새끼인 듯 작고 날카로운 울음들이
끌려가다 고꾸라지는데
나는 어쩔 줄 모르고
빗자루를 들었다 놨다 총채를 들었다 놨다
헐레벌떡 4층 계단을 내려가는데
신발 벗겨지고 바짓단은 걸리고
겨우 나무 근처에 이르러
야—앗,
돌멩이 하나 던지는데
헛, 헛, 헛 팔매질 속에
사태 이미 종료된 듯
새끼 울음 그치고
에미 애비 울음도 그치고
아침 해는 능청스레 떠오르는데

비명의 소용돌이 속에 서서
울렁울렁 눈물이 올라오는데
구렁이 때문이란 걸 확인한 바는 없습니다만


나의 이웃 사랑이라는 게
깍깍깍 우는 이들을 위해
주머니에 돌 몇 개 만지작거리는 일일 뿐입니다
인류애라는 게 고작 돌멩이 몇 개일 뿐입니다

# 그날의 청소

한동안 닫아두었던 문을 밀치자
개미들이 웅성웅성 모여 있다
과자 부스러기들을 이고 지고
바닥을 온통 점령하고 있다
머리카락 한 올 끌어다 철심을 박고
바르르 바르르 뭉쳐 있다

빗자루를 들이대자
발버둥 치며, 나동그라지며
집 안 가득 한동안 재채기 자욱하다
물걸레로 쓰—윽 훔치자
먹이를 놓친 개미들이 실오라기에 매달린 채
힘없이 질질 끌려 나온다
잘린 발가락 하나
눅눅히 바닥에 눌러 붙어 있다

무허가 골목
다리 절던 리어카들은 다 어디로 갔을까

적막하다
하늘 맑은 날
청계로 골목에 남겨진
신발 한 짝

# 회오리에 갇히다

시간에도 균이 있는지
갯벌에서 주워 온 소라 껍데기
바람 한 점 없는 창가에서
날마다 일정량씩 뼛가루를 쏟고 있다
휑하니 빠져나간 생의 구멍마다
검은 무늬 하나씩 들어선다
늑골 아래 생의 흔적 소록소록 쌓이는데
귀 기울이면 희미하게 뿜어져 나오는 바람 소리

아버지 가신 뒤 딱딱한 고집으로
수십 굽이 물이랑을 넘어오신 어머니
창가에 혼령처럼 앉아 허연 살비듬을 쏟으셨다
삶의 짠 내 다 토해내고도
바람의 기억에서는 빠져나오지 못했는지
쇠스랑 쇠스랑 긁적이던 혼잣말에도
저런 헛헛함이 실려 있었다

바람을 요리하던 질긴 숙명대로

등걸만 남아서도
회오리 그 어지러운 기억에 갇혀
텅 빈 공간에서
쉐쉐쉐 바람을 가지고 놀고 있다

# 그대로 놔둬라

새 한 마리 창밖에서 지저귄다
통 그 뜻을 알아먹을 수가 없다
그래서 사람들은 노래하거나 운다고 한다
속삭임은 어디로 갔는가
잔소리는, 투정은, 찬사의 말들은 다 어디로 갔는가
왜 노래나 울음만 있는가
왜 고드름은 녹아내리면 맨날 눈물이 되나
사내는 또 왜 눈물을 감춰야 하나
시는 왜 에둘러 말해야 하고
왜 닭들은 사람을 위해 존재하나
철창 속에 갇힌 채 단 이십여 일 만에
오로지 먹히기 위해 살쪄야 하나
왜 강은 파헤쳐야 길이 되나
왜, 왜
왜 세상은 사람 속에만 들어갔다 나오면
왜곡되고 뒤틀리나

# 티브이 속 울음

티브이를 열자
매장당하는 소 무리 속에서
아직 살아 있는 소들이
허공을 향해 허연 입김을 쏟는데
또 다른 채널에선
여러 차례의 백신으로도
가난의 항체가 생기지 않은 재개발 마을 주민들이
더는 생매장될 수 없다며
피켓을 들고 발버둥 친다
대학생들을 태운 관광버스가 조금 전 전복되었다고
자막이 치를 떨며 지나가고
창밖에선 바람이 또 다른 인질을 탐색하느라
휘―잉 바퀴를 굴리고 있다


오늘도 누군가 매장되겠지만
희망으로 모자이크 처리 중이라 보이지 않는다

# 바람 가득 찬 날엔

빈 페트병 하나
식탁 위에 종일 우두커니 서 있다가
무슨 생각을 했는지
딱―
호되게 허공을 후려친다
예기치 않은 단말마에
순간 엉덩이가 들썩여졌는데 저 무게가 고작
내 몸무게의 만분의 일 정도이질 않은가
제 안의 것들을 쏟아내는 순간
저도 모르게 바람이 들어섰을 것이다
병의 빈 내장을 훑다가 출구를 찾지 못한 바람이
주저앉은 공간을 깨웠을 것이다
티끌 같은 저 플라스틱 병이
내 육중한 몸을 들어 올릴 수 있는 것이라면
그대여 마음 텅 비어 바람 가득 찬 날엔
그대 또한
딱―
구겨진 마음의 공간을 깨워
천하를 번쩍 들어 올릴 일이다

2부

# 울음에 뜨다

새벽 네 시,

뻐꾸기가 빗속을 지나간다 뻐꾸기가 지나간다는 것은 울음으
로만 확인된다 저 울음의 늑막은 소리로 가득하다 어둠 속에서
딸꾹 딸꾹 갈비뼈가 출렁일 때마다 소리가 범람한다 소리가 빠
져나오면 벽 속에 곰팡이가 슬지 않는다

눈물로만 번식되는 울음이 있다 소리를 잘라먹고 눈물만 지
고 다니는, 그의 길은 언제나 축축하다 눅눅한 것들과 근친 관
계인 그는 밟히면 깨질 영혼의 집을 들고 다닌다 물속의 적막
이 천천히 말라가는 동안 그의 일생도 말라비틀어진다

울음에 둥둥 뜬 달팽이 한 마리 머위 한 그루 흔들어놓고 느
린 배밀이로 끊임없이 길을 밀고 나간다 길과의 저 *끈끈한* 관
계 보송보송한 날에도 민감한 촉수로 음습한 방을 전전한다 달
팽이, 그의 열락이 눈물 속에 있다고 믿는다

그래서 나는 늘 위험하다

# 봄날

산을 내려온 햇살이 마당에 모여 시끄러운 날
처마 그늘에서 묵정밭을 일구는 옥수수더러
왜 이렇게 사는 게 힘드냐고 했더니
헛소리 집어치우라며 파랗게 눈을 흘긴다


한세상 무게가 튀어 오르다 고꾸라진다


살아야겠다


하늘이 그늘 속으로
햇살의 사금파리를
다급히 끼워 넣는다

# 꽃똥

봄이 뒤가 마려운지 얼굴 붉게 달아오르더니
끙— 천지 가득 꽃똥을 누어놓았다
겨우내 구근과 씨앗들을 모조리 먹어치우고
손발 차갑게 체기를 앓더니만
급기야 푸지게 똥을 싸놓은 것이다
날벌레들 냄새에 취해
윙윙 정신줄을 놓는다
바람도 행여 밟을세라 걸음을 건너뛰는데
내장이 다 비워졌는지
또 뻐꾸기 소리로 허기를 채우는 봄

저 똥들 땅으로 스미고 나면
풀들 끄—억 배가 부를 것이고
초록을 삼킨 대지는
곧 투실투실 살이 오를 것이다

나비 한 마리 철퍼덕 똥 속에 빠지고
나는 미끄덩 그 위로 미끄러지고

# 풍선


저들은 갈 데까지 가보자는 배포를 지녔다
얇지만 실은 질기다
한번 부풀어 오르면 되돌릴 수 없는


바람을 돌돌 굴려 화려한 곳에
가장 화려하게 착지하기도 한다
미세한 자극에도 둥싯 떠오르는
저들의 이륙은 정처가 없다
어디서든 날아오를 생각뿐이다
과도하게 날아올라
나무 끄트머리에서 빵 터진 이도 있다
정치판에서 가세를 날린 재당숙은
오랜 날 골똘하다
갑자기 바람을 뺀 나머지
쭈글쭈글 우울증을 앓다가 요양원에서 삭았다


저기, 누군가
또 푸푸 내장 가득 바람을 삼키고

문 앞에 선다

# 들꽃

여름 들판엔 몇 날 이슬로 목을 축이는
누대에 걸친 무명의 꽃들이 있다
바람과 맞서노라면
쇠심줄 하나쯤은 품게 된다지만
저 줄기 내부 끝엔
깊고 푸른 허방이 있다
끊임없이 물질하는 노역의 길 어디쯤
한순간에도 뭉개질 물탕의 길이 있어
때로 허리를 꺾기도 하는 것이다

저 안에선 눈물의 결들이 서로를 끌어안고
아래로 아래로 길을 낼 것이다
이미 땅속으로 깊이 난 길들은
바람이라도 그 목을 꺾지 못한다
한 대 꺾이면 또 한 대 밀어 올리며
도도한 이파리 꼿꼿이 세우고
가볍게 하늘하늘 가는 것이다

참, 내가 꽃이지
어느 날은 활짝 웃기도 하면서

# 한 량 閑良

평생을 건들거리는 사내가 있었는데요
제 손으로는 나락 한 되 벌어본 적이 없고
걸핏하면 매미들 불러 장단이나 맞추는
오뉴월 땡볕에 개 혓바닥처럼 축 늘어져 있다가도
바람의 낌새만 보이면 태깔 나게 차려입고
신바람 나는 사내가 있었는데요
속없는 저 사내에게도 어쩌자고
오소소 꽃들이 매달렸지 뭡니까
마을 사람들 술렁이는 재미가 쏠쏠했는데요
그 그늘에서는 쑥갓 한 포기도 못 자랐는데요
흔들리는 어깨를 믿기 어려웠는지
꽃들도 송골거리다 훨훨 날아가 버렸는데요
지난해 태풍에 능수버들
그만 퍽 쓰러지고 말았습니다
마을 사람들이 끌어다 산에 묻었는데요
나무가 잘려 나간 빈터엔
한동안 흰 띠 두른 벌레들이 오가더라구요
그러니까 그 실없는 나무도

품었던 생명이 있었던 겁니다

능수버들 베어지고 동구가 영 심심해졌습니다

# 어떤 저녁

추녀 끝에서 낙수가 흑흑 떨어진다
겹겹 어스름을 껴입은 바람이
창틀에 기대 극도로 예민해진다
멀쩡하던 산이 돌연 등을 보이고
텃밭에선 풀잎들이 연신 어깨를 들먹인다
뻐꾸기는 멀리까지 날아가서 돌아오지 않는다
울음의 홈통을 따라가다 소용돌이에 걸려든 바람
창 너머로 연신 넘어지고
그 뒤통수를 바라보던 맨드라미
명치에 검붉게 멍이 든다
벼랑 끝으로 내몰린 빗방울
전선에서 뛰어내린다
깨진 저 빗방울
이젠 어디로 가나
너에게서 깨진 나는 또 어디로 가나

소쩍소쩍
비를 뚫고 날아가는 새 한 마리

# 간격

비 오는 날 아침 티브이 뉴스에서
탯줄을 갓 잘린 영아가
신문지 두루마리에 싸인 채
쓰레기통에 버려졌다고 떠든다
채널을 돌리니
비시 칠 세기경
어느 고급 무덤에서 발견된 미라를
건드리면 깨질까 불면 날아갈까 싸고 또 싸맨 채
장정 댓 명이 우러러 받들어 모시느라 쩔쩔매고 있다

하느님 저들이 한 자궁에서 나온 거 맞죠?
이 불구의 세월도 꽃인 거죠?

# 꽃 무덤

살아서도 제 한 몸 부릴 땅이 없어
나무 꼭대기에나 저를 매달던 꽃들이
오소소 떨어져 바닥에 쌓여 있네요
진 후에라도 어디로든 훨훨 날아가서
빗물에라도 쓸려 가서
땅 같은 건 안중에도 없이
흙도 되고 강물도 되었으면 싶은데
어디로도 못 가고 1호, 2호, 3호, 4호
뼈에 뼈를 포개고 층층이 쌓여 있네요
죽어서도 새장 신셀 못 면하네요
이미 혼은 뿌리 깊이 스몄을 텐데
타버린 재마저 위안이 될까요

나뭇잎들 이슬방울 떨구네요
스러지는 꽃향기 위에서 진종일 흔들리네요

죽어서도 우리 땅은 없을까요?
재라도 저렇게 가지 곁에 있어야 할까요?

사후의 보탬까지를 생각하느라
꽃의 백골이 눈부신 봄날입니다

# 아직은, 나무

나무는 둥지의 둥지라지
비바람 부는 날에도 꺾일 수가 없다지
저를 철석같이 믿는 둥지들이 있어서
주둥이를 포개고 잠든 새들이 있어서
성근 이빨 딱딱 부딪치면서도 나무는
갈비뼈 하나 우두둑 꺾이면서도 나무는
아직은 꺾일 수가 없다지
새끼 쳐서 객지로 떠난 새들
혹여 언제 또 날아와 둥지 틀지 몰라서
동구 밖 먼 길 내려다보며
무소식이 희소식이어서

고향엔 빈 둥지를 얹은 나무들
까막까막 늙어가고 있다
하늘을 훤히 읽고 있다

# 이제 와서

사랑하는 딸아 어쩌면 좋으냐

늬 할머니 살았을 적
마을 어귀 눈 부릅뜬 장승이거나
퍼내도 바닥이 보이지 않는 쌀독이거나
주야장천 잉아를 탄 선녀인 줄 알았구나

한데 그것 저것 다 말고
사람이었구나
풀빛 울음을 울 여인이었구나

늬 할머니 살았을 적 그때 말고
가시고 한참, 그 후에도 말고
십 리 밖 칼끝 같은 세상을 알고 난 후에야
지랄 같은 미욱함을 깨우쳤으니

# 그 집

가만히 돌이켜보면 아침마다 새로 길어 올려지는 물방울의
집이었다
　스무 칸 지붕에 새벽이 이슬을 앉히고 창호지 팽팽한 문살의
　그 끝의 평상의, 마당에 울울이 풀빛이 사는 그런 집
　하루에 몇 번쯤 먼 데 새파란 하늘에 일렁이는 구름을 따랐
으려나
　그러면 그때마다 알 수 없는 그리움이 이바지해 눈물을 배우
던 날들은 얼마쯤일까

　어머니 하얀 머릿수건 아래 수염 쓸어내리는 아버지
　또 옆에 밥하는 할매와 나뭇짐 지는 아재비
　또, 또 옆에 옹기종기 까만 머리 알
　갈앉은 뜨락에 둘레둘레 앉아 달빛 흐드러지게 부수며 밀국
수 먹던 집

　뒤란에 깔린 별 속에서 쏙쏙 쏙독새 소리에 내 유년이 알토
란같이 익었을
　거기서 떠나고, 떠나고 떠나 이제는 마음에서만 끊임없이 흐

느끼는
　깊은 우물의 그 집

# 끈

천신만고 끝에 얻은 외아들
아홉수, 수명이 아홉수뿐이랬지
네 살 난 아들을 건지겠다고
살림을 작파하고 입산을 했다지
외할머니
돌에게도 풀에게도 굽실거렸다지
어머니도 따라 꾸벅였다지
절간살이 다섯 해
뻐꾸기 소리 모질던 고개를 넘어
이젠 됐다, 하산을 했다지
한데 뻐꾸기 그놈의 뻐꾸기가
결국 어린것의 혼을 불러 가고 말았다고
봄마다 먼산바라기 하시던 어머니

어머니 가시고 열두어 해 만에
물어물어 찾아간 칠장사
생전 처음 가본 그곳이 낯설지 않아
대웅전 돌계단도 낯설지 않아

뎅그렁 챙그렁 풍경 소리
백 년 전 외할머니 넋두리인 듯
잇몸 붉은 철쭉이 네 살 난 외삼촌인 듯
천 년 햇살에 뭉개진 미륵부처의 미소가
외할머니의 외할머니인 듯
퀭한 눈의 수국이 어머니인 듯

# 노년

며칠째 바람 불고 나뭇가지 흔들리더니
이파리들 어디론가 불려 간다
가지 위로 척, 하늘이 내려와 앉고
나무의 뼈에 수천의 구멍이 생긴다
물 마를 날 없었던 젖은 손을 접고
살구나무, 오랜 칩거에 든다
발등엔 수많은 길의 껍질들이 수북이 쌓여 있다
최근 몇 해 떫은 열매 성글게 매달더니
지난해엔 그마저 내려놓았다

통증마저 삼켜버린 상처의 흔적들

바람 부는 날이면 그 옹이 속에서
구멍들이 휘이, 휘이 운다

# 콩

당신, 까불지 마
뛰쳐나가는 수가 있다구


당돌한 콩 한 톨 키로부터 겁 없이 뛰쳐나가
껍질 속에 파묻혀 쥐 죽은 듯 살고 있다
바람이 그를 어르고 뺨 치는 동안
한 시절 다 지나가고
그의 몸에선 하늘 닮은 잎새 하나 새파랗게 돋는다
말간 정수리 반들반들 굴리며
바람모지 돌 틈서리에 겨우 터를 잡고
저만의 길을 알토란같이 가고 있다


비바람 천둥에도 살랑이는 어깨들
제법 바람을 탈 줄 알긴 아는데
열매는 맺으려나
저 콩

# 큰언니

메 덩굴처럼 평생 휘휘 풀어진 지아비와
가시만 엉클한 시부모 시누이와
초가삼간 기둥이란 기둥 죄다 기울어져
쌀독만 컴컴히 입 벌리는 그 집에서
어설픈 보따리 장사 나서길 십여 년
어느 날 소쩍새 울음소리 하도 구슬퍼
그 소리 따라 강으로 들어가다가
어린것들 눈에 밟혀 도로 또 십여 년
그간에 세월도 새끼들도 무럭무럭 자라서
박사에 순경에 면서기에
그러면 그렇지
혼자 다리 뻗고 웃어도 봤다는데
아직 넷째가 집 장만 못 했구나
정신줄 놓은 지아비 요양원에 데려다 놓고
오늘도 헤진 발로 들을 누비네
삯일 자리 잘릴세라 잠을 설치네
형제들 모이는 날도 허겁지겁 숟가락 놓고
달빛만 휑뎅그렁한 빈 둥지로 돌아가

전화통에 매달려 푸드덕거리는
일흔여덟 아리랑 고개 휘―어이 날아오르는

# 그늘

율면 산양리 아오록한 비탈 한켠
육십 년 된 느티나무 속절없이 늙어간다
닭똥 쇠똥 퍼주던 이들 벌써 어디론가 떠나가고
햇살과 구름과 바람만 수십 년째 뿌리를 다독이고 있다
소싯적 그 나무 온 마을을 흔들 듯
담장 너머 담장까지 우줄우줄 차올라서
확성기를 매달고 노래도 불렀었고
눈 큰 보름달 아래 연극 무대도 올렸었다

황망하여라 삼십 년하고도 삼십 년
그 시절 까무룩 잠이 들고
뒤축 주저앉은 신발 몇 짝, 낯 무너진 박스 조각
더는 갈 곳 없는 것들끼리 일가를 이루었다
신작로엔 먼지 풀풀 날리고
살판난 잡초들만 풀썩풀썩 발 구르는데
대낮부터 불콰해진 햇살과 뒤엉켜
그늘을 만드느라 씨름을 하고 있다

그간 제 씨 몇 알 발치에 묻었으나
묘목이 되자마자 대처로 실어 보내고
부실한 새끼 하나 저인 듯 바라보며
몇 번 세차게 흔들리기도 하는데
이래저래 마을의 당산나무쯤은 되는데
어느새 틱틱 갈라진 거죽과 휑하니 파인 가슴과
천지빼깔로 쓸쓸한 동구와……

그리움과 신열을 덕지덕지 껴안고
오늘, 내가 간다
오라비여!

# 기억

"너 혹시 종희 동생 아니니?"

교실 창가에서 생활통지표에 도장을 꽉꽉 눌러 찍고 있을 때 담임이 불쑥 물었다

"어쩐지, 늬 언닌 지금 뭐 하니?"

"죽었어요 작년, 작년 그, 그 작년에 죽었어요"

선생님은 아무 말이 없었다 선생님 얼굴은 왜 루핑지붕 같을까 싸한 통증이 명치끝을 훑고 지나갔다 국민학교 4학년 때였다


유난히 보리깜부기 냄새가 진동했다 나는 눅눅한 방에 떡처럼 쌓여 있던 누런 강의록 한 권 들고 나가 엿과 바꿔 먹었고 언니는 중등 과정을 건너뛰어 서울 성동여상에 합격했다


아버지가 울부짖었다 대청마루에 다리를 뻗고 짐승처럼 울부짖었다

언니가 시오리 길을 손수레로 실려 온 밤이었다 공부를 너무 해 머리가 썩었다고 했다

야릇한 냄새 번지는 아랫목에서 언니는 다듬잇돌에 흰 무명 천으로 묶여 있었다

이듬해 봄까지 묶여 있었다 그리고 갔다 열여덟이었다

언니가 수놓아 보내준 공작새 벽보를 펼쳐놓고 공작 날개처럼 웃던 어머니

그 새 날아가고 먹처럼 굳게 입을 다물었다


금계랍 같은 시간 속에서 나의 유년도 컴컴한 어느 해거름을 서성이고

지독하게 황달을 앓던 이 나라 육십 년대도 서서히 영을 넘고 있었다

# 아버지는 어디에

아버지 없이 수십 년을 살았다
방풍림처럼 내 생의 바람을 막아줄
아버지를 갖고 싶었으나
그런 아버지는 어릴 적 가버리셨다

남자들은 다 아버지인 줄 알고
그중 하나를 골라 함께 살기로 했다
그러나 알고 보니 아이였다
아이를 낳아 아버지로 삼을까 했으나
더더욱 아이였다
사랑, 처음엔 아버지이다가
그도 아버지는 아니었다

내가 나의 아버지가 되기로 했다
아이들의 아버지
그 남자의 아버지까지 되기로 했다

수십 년을 아버지 없이 살았다

그래서 하느님을 아버지라 부르는 사람들이 부럽다


나의 사랑하는 아버지는 어디에 계신가요
하느님 어머니!

# 울지 마라

울지 마라 옥상 난간에 매달려 피 토하듯 우는 매미야 목숨
을 비끄러매던 모진 계절의 끄나풀이 풀리면 우리 모두 어디로
든 훌훌 떠내려가지 않겠느냐 흙으로 바람으로 먼지로라도 거
기 어디 있지 않겠느냐 여름이 짧다고 울지 마라 우리의 나날
은 언제나 여름이니 아직 날지 못한 애벌레 때문에 눈을 못 감
지도 마라 자고 나면 쌓이는 고요한 시신 위로 햇빛 쏟아지는
데 먼저 간 그 귓전에 곡이라도 한바탕 하려느냐 울지 마라 우
리 모두 삶의 계절을 위해 간곡히 노래 한 소절 올리면 그뿐,
몸부림 한 번 털면 그뿐

# 비빌 언덕
-'하여' 동인에 부쳐


그날 띠동갑 해동갑 도란도란 모여
조신히 이야기꽃을 피웠더란다
피는 꽃 지는 꽃 사연마다 흐득이고


우리가 산다 해도 절반은 저승같이 저문 날이 많아
때 없이 비빌 언덕 그리워지고
산 사람과 죽은 사람이 숨소릴 나눌 만큼
생에 대한 사무침도 깊었더란다


너나없이 시달림이 많아서
바람도 중년 근처에 와서는 청승쯤으로 바뀌고
이것이 사랑인가 뭔가는 몰라도
내가 가난한 사람으로 눈물 흘릴 때
옳다 옳다 서로 구슬도 나눴더란다
하여 우리만큼은 죽는 날까지 살뜰하자고
뻔하고도 뻔하지 않게
도리 없는 맹세로
나비 같은 손가락을 걸었더란다

# 부도별곡
-IMF


건물 몇 채 빚에 넘어가고
살던 집도 멀거니 내어주고
살 떨리는 새끼들 겨우겨우 챙겨서
친척 집 부속 채에 세간을 풀었었다
가장은 몇 달째 소식 뚝 끊기고
사채업자 밤낮없이 벌컥벌컥 문 여는데
가난이 뭔지 모르는 철없는 새끼들과
역시 가난이 뭔지 모르는 철없는 불혹의 에미가
할 줄 아는 것이라곤 웃는 일밖에 없어
허허 웃고 실실 웃고 벌벌 웃고 쓰게 웃고

머리 큰 딸년 하나 서울에 심겠다고
물어물어 찾아간 원서동 후미진 골목
보증금 이백에 월 삼십 지하 셋방
거미들이 목을 맨 손바닥만 한 창문 아래
아무렇게나 벗어 던진 신발짝들 남루했다

목숨도 바꿀 새끼 애지중지 길러서

이건 아니지 이런 죄 더는 없지
대궐 같은 눈물 한 채 마음에 지어놓고
파이팅, 파이팅 고래고래 질렀는데
그 눈물 한 채마저 이젠 기둥이 삭아
예서 제서 푸석푸석 세상살이 헛헛한데
새집 같은 둥지 하나 겨우 세상에 매달아놓고
십여 년 울음을 한꺼번에 쏟는 밤
별빛들 추녀 끝에 또르르 모여 선다
새파란 하늘 지붕 저토록 튼튼한데
우주의 구들장이 이리도 널찍한데
왜 그 큰 집에서 여태껏 떨었느냐고

3부

# 돌 하나 고이다

구절초 한 그루
머리를 산발한 채 쓰러져 있었습니다
비 떼가 분탕질하고 돌아간 저녁
뿌리가 뚝뚝 부러져 있었습니다
산 가득 저녁의 냄새를 물들이는 바람
바람과 바람 사이
꽃의 비늘과 꽃 속의 그늘이
캄캄하게 젖었습니다
돌 하나 가만히 목에 고여주고 내려왔습니다
무능하게도 그 짓밖에는 할 일이 없었습니다
얼마 후 다시 가보니 해쓱한 꽃이
제 뼈에서 실을 뽑아 발가락을 꿰매고 있었습니다
우주의 끝자락에 가까스로 저를 깁고 있었습니다
무릎을 접고 앉아 나는 고요해졌습니다

돌 하나 고여준 인연이 삼십 년이 되었습니다
그 인연
가히 천 년은 되리라 홀로 믿습니다

# 고래의 지느러미

고래를 생각한다
새끼 낳고 젖 먹이는 무리들을 떠나
굳이 바다로 간 고래의 지느러미를 생각한다
숲을 달리기엔 제 다리가 역부족이었을까
세상을 저어갈 노가 필요했을까
그래서 팔다리를 저며냈을까
차라리 투신했을까

부드럽게 바닷속을 활보하는 고래

날마다 졸아들었을 다리를 생각한다
지느러미를 갖기까지의 피를 생각한다
피마저 자국을 거뒀을
고래의 몸부림을 생각한다
낯선 나라의 질시와 외면
급기야 자유와 비상
그 태고의 시간을 생각한다

망망대해 한가운데
고래의 숨 하늘로 솟구친다

# 훈화

어릴 적 마을엔 수십 그루의 은행나무가 있었다
구린내 진동하는 말씀들을 매달고
여차하면 후닥딱 내려치기 일쑤였다
골목으로 비켜서서 진저리도 쳤지만
그 아래서 나뒹굴며 한 시절을 보냈다

은행 알 후둑여도 주워 가는 이 없다
냄새나 풍기고 귀찮게만 한다고
거들떠보지도 않는 터라
거리엔 말씀 없는 나무들만 즐비하다
그래도 마음 가난한 이 몇몇은
얼씨구나 자루에 담아
지난한 사람살이의 허기를 채운다

오늘도 눈치 없는 은행나무
대로에서 쿵– 구린 말 한 말씀 쏟으신다

# 이상한 슬픔

어머니 무덤가
할미꽃 한 그루
아무리 생각해도 왜 거기 피는지 몰라
꼬부라져 실려 간 사람들 곁에
왜 저도 허리 굽혀 피는지 몰라
아무리 집으로 데려오려 해도
아무리 고운 신을 내주어도
거기 아니면 살 수 없다는

나는 그 이상한 슬픔을
속 썩인 딸이라고 부르네

# 수업

도형을 배우는 시간
아무리 알려줘도 모르는 답답한 녀석이 있어
야, 야 여봐라, 핏대를 올리는데
저 뒤에서 대놓고 만화책을 보는 녀석이
원의 넓이도 모르는 녀석이
느리게 손을 든다
선생님, 삶의 넓이는 어떻게 구해요
……


기다렸다는 듯 고소하게 박수를 치는 아이들


신께서 보낸 사람들이라는 걸 금세 알아차렸다

# 교실

신종플루로 한 닷새 죽게 앓은 아이들이
해쓱한 목을 들고 쏙쏙 올라온다


희고 여린 목덜미에 푸른 물관이 보인다


검은 보자기 속에서 큭큭거리다
이게 아니야, 솟아오른다


야윈 목을 들고 탱글탱글 웃는다


정교한 음표 위로 쏟아지는 햇살


어미들이 연신 물을 붓고 돌아간다


아이들
와르르와르르
햇살을 들어 올린다

# 취업 일기

날 추운데
한 사내 도끼를 들고 저수지로 나간다
겨울 한복판으로 저벅저벅 걸어가
꽝꽝 얼음을 내려친다
웅크리고 웅크려서 좀체 속내를 보이지 않는 저수지
사내, 벌써 한나절째 씨름 중이다
땀 비 오듯 쏟아지고
맴돈 자리 얼음도 낯빛을 바꾼다
툭툭 귀부터 깨진다
산은 햇볕 한 짐 건져 올리고
사내도 얼음 뼈마디 몇 조각 들어 올린다
저수진 비로소 물컹한 어둠을 쏟아놓고
사내를 뚫어져라 바라보고 있다

무엇을 낚을 것인가

멀리 쩡—쩡
저수지 웃음 한 소쿠리 터져

저녁으로 흘러간다

# 책상은 책상이다*


잿빛 재킷의 그 늙은 남자 말이야

매일 똑같은 게 지겨워 웃지 않았던

어느 날 침대를 사진이라 부르고

의자를 주전자라 부르고 신문을 침대라고 불렀던

책상이 더 이상 책상이 아니어서 즐거웠던

아침에 사진 속에서 일어나

주전자 위에 앉아 시계를 먹던

그러다 원래의 말을 잊어

오로지 혼자가 된

또다시 웃지 않았던


어느 날 문득

나도 세상을 내 마음대로 부르다

그 짓에 재미 붙이다

젖니 새하얀 아가였을 때 알았던 세상을

다 잃어버린

남들이 다 아는 길을

놓쳐버린

90

얼간이는 아닌가 하는 생각

웃기도 울기도 지친 늙은이는 아닐까 하는 생각

# 골목

어둑해지자 골목으로 바퀴들이 들어선다
아직 소화되지 않은 길들을 더부룩이 안고
근근이 살아남은 저 질긴 육체들
오늘 또 몇 개의 길들이 저들에 의해 뭉개졌다
바퀴는 잠 속에서도 날을 세운다
날 위에 제 육중한 몸을 싣고
팽팽한 바람으로 헛배를 채운다
저 중에는 헛배앓이를 견디지 못해
피식 주저앉은 바퀴도 있다
저들은 겨우 제 질긴 가죽 하나 믿고
못들이 뒹구는 길로 나가는 것이리라

달이 내림굿하다
푸르게 솟아오르는 산동네
바퀴들, 일제히 웅크려 있다
한뎃잠을 자고 있다

# 동행

당신이 한 줌 흙으로 모퉁이에 쓰러져 있을 때
내가 지푸라기로 들판을 뒹굴고 있을 때
그때 우리 세상을 함께 떠받쳐 보자고
눈물로 반죽해 한몸으로 일어섰죠
올려다보면 별들도 반짝였던
새파란 허공도 기웃댔던 거기
서로 바람막이는 되었던가요
그 세월 한 귀퉁이 비가 그늘로 내려앉거나
바람이 끽끽 몸을 흔들다 가곤 했지만
우리, 빛의 혼기를 끌어안는 뚝심은 지니고 있었네요
백 년 누옥으로 남진 못하겠지만
이렇게 햇볕에 몸뚱이 쩍쩍 갈라지지만
그래도 하늘을 함께 떠받치고 있었다는 걸
서로를 위해 이엉을 등에 지려 애썼다는 걸
깨지거나 무너지거나 한몸이었다는 걸

# 봄

바람이 한 성깔 부리다가도
햇살이 워낙 온화한지라 저만치서 살살 눈치를 살피는데
그런 날엔 꼭꼭 숨어 있던 싹들이 마음 놓고 얼굴을 내민다
철없는 꽃들은 일찌감치 뛰쳐나와 마당에서 뒹군다
목젖이 다 보인다

쟤들이 클 때까지만이라도 그 성미 좀 죽이거라

햇살이 눈깔사탕 하나로 바람을 구슬려놓은 것이다

# 능소화

핏기 없는 나무를 타고 올라가
신방을 차리는 꽃이 있었네
새파란 줄기를 무등 태우는 낡은 등걸이 있었네
고목에 꽃이 핀 건지
꽃이 고목에 깃든 건지
경계가 흐려진 채 그저 환한 집
이따금씩 그 집엔
번쩍, 천둥 벼락이 치곤 했네

나를 안으면 속속 눈이 머는 그이와 뒤엉켜
한 시절 뜨겁게 살아보고 싶었을 뿐인데
내게도 하늘 한 번 환장하게 흔들 꿈이 있었을 뿐인데
덜 덜 덜 감전된 말들이 흘러나오던 집

청산옥 첩실인 옥향이는
본처와 다툼이라도 있는 날이면
골목이 다 흔들리도록 흐느껴 울곤 했었네

# 어떤가 웅덩이여

개망초 한 그루
껑충하니 웅덩이에 발을 딛고
수면을 들여다보고 있다
바람이 대궁을 흔들고 지나가고
대궁이 휘저은 수면 위로
어지러움이 만발한다

무른 뱃가죽 드러내고
웅덩이를 뚫어져라 바라보다
물결 한 잎을 검게 지운다
고작 물결 한 뼘 지웠을 뿐인데
웅덩이에 풍경이 맑게 들어선다
웅덩이의 깊이가 한 뼘인지 열 자인지
물에 비친 세상이 허상인지 실상인지
알 바 아니라는 듯
제 그림자와 고즈넉이 조우하는 개망초

삶은 의외로 얕은 바닥일 수 있다는

물결만 재우면
평화로우리라는 생각이
웅덩이 곁에 오래 머물다 간다

# 잠이 휘다

볕바라기를 하다가
불현듯 햇살 한 됫박을 값으로 치면
얼마나 될까를 따져본다
측량할 수도 없는 햇살을
거저 쓰고 있구나
뿐인가
어머닌 갈라 터진 손으로
고추 희아리를 고르며
콧물을 훌쩍이며
벽에다 힘없이 말을 던지셨다
늬 에밀 팔아먹어라
기실 나의 평생은
어머닐 팔아먹은 세월일 것이다

이렇게 빚이 산더미라니
겨울은 가깝고
오싹, 잠이 휜다
귀뚜라미

# 무덤

귀중한 울음을 찬란히 바치고
외진 산골짝에 누워
날개의 반짝임만 고요히 남겼군요

그런데
저기
쓰러져 뒹구는 술병은 누구?

# 돌

돌이 제 무게를 견디는 계절
강가에 나가 물수제비를 띄운다
물결은 살랑 바람잡이가 되고
얍샵하게 생긴 돌들은 바람의 등에 업혀
멀리까지 날아간다
강을 건너는 일
아득하고 아득해서
강변엔 눈 뚱그런 돌들 허옇게 누워 있다

바람에 지레 겁먹은
진실하다 못해 미련한 돌 하나
제 무게를 견디지 못하고
풍덩 물속으로 빠진다
그뿐 기억하는 이 없다

무거운 돌로는 강에서 못 논다는 듯
지혜로울수록 가볍다는 듯
드넓은 강변엔 오늘도

가볍게 가볍게 돌 날아가는 소리

빠진 돌을 건져보겠다고
십 년째 드나드는 이 있다
정신병동 104호
어머니의 부름에도
아들, 멀뚱멀뚱 감감하다

# 멀지 않다

반짝이던 여울과
척척 떨어져 내리던 수많은 계곡을 잊을 수 없네
바람이 솟구치던 들판을 달려 굽이치던 강 위로
나룻배 떠가듯 나는 흘러왔네
강을 거슬러 오르려던 지느러미의 꿈도
들끓던 붉덩물도 어느새 가라앉았네
그대 앞으로 무수히 무너지던 저 범람의 날들과
바짝바짝 몸이 타들어가던 지독한 가뭄의 나날도
다 아름다운 시절이었음을
세상의 물은 모두 하구로 모여들고
나도 이제 하구 어디쯤 지친 몸을 부리네
밑바닥까지 훤히 비치는 날들은 도래하고
웬만한 바람의 수작쯤 눈감아줄 만해졌네
저 바다에 닿으면 흐느낌은 그만 멎겠네
거기 물고기들의 헤엄이나 지켜보면서
어디로 떠가는지 모를 구름을 오래오래 쳐다보겠네

# 그 어디에나

집으로 가는 골목 컴컴한 그늘 밑에 당신은 있다
혼자서 덜컹대며 그 골목을 들어설 때
두 눈을 가로등처럼 밝히고 말없이 당신이 있다
늦은 가을의 겨드랑이 어디쯤 허연 서리를 쓰고
뚝뚝 떨어지는 은행잎을 안쓰러이 바라보는 당신이 있고
손잡이 녹슨 양철 대문을 흔들다 간 바람 속에도 당신은 있다
대문 옆 댓돌 위 검은 비닐봉지 속 소박한 주전부리에
발자국만 남겨놓고 돌아간 마당 한 뼘에 당신이 있다
내 깊은 골짜기에 들어와 소쩍소쩍 울고 간 당신
고릿적 내 눈물의 궤짝까지를 다 쏟아놓고 간 당신
눈물 한 방울 찍어 올린 저 별 속에도
삐걱삐걱 쪽잠 나룻배에도 당신은 있다
협곡처럼 가파른 나이테 한가운데 당신이 있고
무엇보다 영혼의 뒤통수 저 안쪽에 당신이 있다

# 늦가을

이제 올라서겠다는 듯


가장 낮은 곳으로 내려가
저를 썩혀
숲의 귀를 환히 틔운다는
천년의 그 고운 길을 가보겠다는 듯


용기를 내보겠다는 듯


툭
나뭇잎 하나 떨어진다

# 허공으로 돌을 빚다

삼계三界의 뜨거운 번뇌가 마치 불타는 집과 같은데, 어째서 거기 머물러 그 긴 고통을 달게 받을 것인가. …… 육신은 거짓이어서 생生이 있고 멸滅이 있지만, 참마음은 허공과 같아서 끊이지도 않고 변하지도 않는다.[1]

길상호 **시인**

## 1. 슬픔과의 동거

이종남 시인의 시집 『돌 하나 고이다』에 등장하는 인물들, 사물들은 하나같이 "꽃이 무너진 슬픔"(「박꽃」)을 간직하고 있다. 슬픔은 가계를 통해 유전적으로 이어지기도 하고, 사회적인 삶을 통해 더 심화되어 그들을 괴롭힌다. 피면 지는 것이 꽃의 운명이

---

1) 성전편찬회, 『불교성전』, p.581(동국역경원, 1985).

듯, 연속되는 슬픔을 받아들이는 것은 그들이 유일하게 내다볼
수 있는 미래이다.

　가족사와 관련된 시편들에 나타나고 있는 시인의 모습도 마찬
가지이다. 그 때문에 대상을 그리는 시인의 언어에는 안타까움이
묻어난다. 동병상련의 마음, 그것은 때로 대상의 슬픔을 자신의
것으로 가져와 함께 앓게 만든다. 그렇다고 해서 시인의 시가 함
께 우는 것으로 그치는 것은 아니다. 울음을 통해 위로를 만들
고, 위로의 마음으로 손을 잡고 슬픔에서 함께 빠져나오려 몸부
림친다. 거기에 대상들을 향한 시인의 참마음이 있는 것이다.


햇살을 받아먹고 조금 더 낮이 두꺼워지는 고구마
아랫도리는 이미 세상 밖으로 나가는 길을 잃었다
가방을 들다 말고 물뿌리개로 물을 뿜어주는 여자
등을 한 번 뒤채 누여주곤 방을 나간다

(…중략…)


그 방에는 오로지 배로 바닥을 기는 생이 있다
창으로 비치는 햇살과 여자가 뿌려주는 물이 전부인
캄캄하고도 황홀한 길이 있다
이들의 동거가 언제부터였는지
방을 열면 긴 혓바닥으로 서로를 애무하는 푸른 침대가 보

인다

　봄날은 이들이 촉수를 더듬어가는 사랑의 안쪽이다
　　－「그 방에는」 부분


　위의 시는 "이미 세상 밖으로 나가는 길을 잃"은 고구마와 "물을 뿜어주는 여자"의 숙명과도 같은 '동거'를 그리고 있다. 스스로 삶의 에너지를 만들어낼 수 없는 고구마는 "창으로 비치는 햇살과 여자가 뿌려주는 물"을 의지해 가느다란 손을 뻗으며 살아간다. 생명을 유지하는 데 있어서 가장 기본적인 이것들마저도 끊겨버리면 언제든 생을 접어야 하는 상황이다. 그렇기에 고구마에게 있어 여자의 존재는 절대적일 수밖에 없다.

　여자의 입장도 여기에서 더 나을 것이 없다. 창문의 햇빛으로는 지울 수 없는 그늘이 그녀의 방을 늘 채우고 있다. 그늘은 하루도 끊이지 않았을 그녀의 한숨이기도 하다. 게다가 그런 어두운 마음을 주고받을 수 있는 별다른 상대도 그 방에는 보이지 않는다. 의지할 대상이라고는 안간힘으로 "제 속의 푸른 창을 하나씩 열어 보"이는 고구마뿐, 그 푸른 잎들을 통해 그녀는 계속해서 밀려드는 제 속의 그늘을 간신히 밀어내고 있는 것이다.

　이러한 상황에서 고구마와 그녀는 "배로 바닥을 기는 생"이라는 공통분모를 갖게 된다. 하지만 이는 또 다른 측면에서 서로의 삶을 지켜가는 데 있어 가장 큰 힘이기도 하다. 공통된 슬픔은 서로에게 위로의 손길이 되기도 하기 때문이다. "긴 혓바닥으로 서로를 애무하는 푸른 침대"가 이 방에 존재하는 한 둘은 '봄날'을 꿈꿀 수 있게 되는 것이다. 그렇기에 시인은 두 존재가 함께 엮어가는 생활을 "캄캄하고도 황홀한 길"이라고 이야기한다.


## 2. 눈물의 출처


자아는 수많은 가면으로 되어 있는 복잡한 욕망의 덩어리이며, 각기 다른 욕망은 자체의 의도와 목적을 갖게 된다. 또한 그 의도와 목적에 맞게 욕망하고 있는 것에 대한 가치를 부여한다. 그렇기에 종종 서로 관계되어 있는 자아들의 욕망은 부딪치고 깨질 수밖에 없다. 자아의 그런 구조 속에서 모순이란 피할 수 없는 것이 된다. 인간들 사이의 이 같은 모순은 허상과 고통을 낳고 있으며, 이런 고통으로부터 도피하려는 것 자체도 또 다른 욕망으로 고난과 비극만을 증식시키게 된다.[2)]

불안을 갖고 있는 인간들의 모든 관계는 슬픔을 만들어낼 수밖에 없다. 어떻게든 관계의 균열을 막아 눈물이 새어 나오는 것을 막아보려고 안간힘을 쓰지만, 그럴수록 더 큰 수렁에 빠지게 되는 경우도 있다. 이종남 시인의 시 속에 등장하는 슬픔도 이러한 관계 속에서 나타나는데, 현실의 자신과 내적 자아의 균열,

---

2) 크리슈나무르티, 『의식으로부터의 해방』, p.180~181(을지출판사, 1983).

사회와 개인들 간의 균열, 인간의 가치가 만들어내는 균열 등이
다음의 시를 통해 형상화되고 있다.


아버지 없이 수십 년을 살았다
방풍림처럼 내 생의 바람을 막아줄
아버지를 갖고 싶었으나
그런 아버지는 어릴 적 가버리셨다

남자들은 다 아버지인 줄 알고
그중 하나를 골라 함께 살기로 했다
그러나 알고 보니 아이였다
아이를 낳아 아버지로 삼을까 했으나
더더욱 아이였다
사랑, 처음엔 아버지이다가
그도 아버지는 아니었다

내가 나의 아버지가 되기로 했다
아이들의 아버지
그 남자의 아버지까지 되기로 했다

수십 년을 아버지 없이 살았다
그래서 하느님을 아버지라 부르는 사람들이 부럽다

나의 사랑하는 아버지는 어디에 계신가요
하느님 어머니!
　　―「아버지는 어디에」 전문

　아버지의 부재는 시인에게 잠재되어 있는 가장 큰 균열로 보인다. "방풍림처럼 내 생의 바람을 막아줄" 존재를 갖고 있지 않은 시인은 세상의 위협들로부터 보호받지 못하는 자신에 대해 불안을 느낄 수밖에 없다. 하물며 아버지와 어머니의 역할이 뚜렷하게 구분되고 있는 우리의 사회에서 어느 한쪽의 부재는 정서적인 불균형으로 이어지게 마련이다. 또한 아버지의 부재는 시인에게 있어 또 다른 한쪽 축인 어머니도 흔들어놓는다. 시 속에서 어머니는 "창가에 혼령처럼 앉아 허연 살비듬을 쏟"(「회오리에 갇히다」)고 있거나 "꽃이 무너진 슬픔"(「박꽃」)을 간직한 존재 등으로 그려지고 있다. 이렇듯 아버지의 부재는 시인의 주변을 온통 불안으로 물들여 놓고 있다.
　더더군다나 아직 스스로를 조절할 수 없는 어린 시절에 겪게 되는 아버지의 부재는 마음속에 치유될 수 없는 그리움으로 치환되어 자리를 잡는다. 그리하여 위의 시에는 평생 없는 아버지를 찾아 헤매는 시인의 모습이 엿보인다. 그러나 그 결론은 가장 큰 버팀목이라 믿었던 '사랑'까지도 아버지가 될 수 없다는 사실이다. "남자들은 다 아버지인 줄 알고 / 그중 하나를 골라 함께 살"면서부터 스스로 "아이들의 아버지 / 그 남자의 아버지까지 되기

로” 결심하기까지 반복되었을 이러한 절망적인 결론들이 시인의
슬픔을 짐작게 한다.


　　한동안 닫아두었던 문을 밀치자
　　개미들이 웅성웅성 모여 있다
　　과자 부스러기들을 이고 지고
　　바닥을 온통 점령하고 있다
　　머리카락 한 올 끌어다 철심을 박고
　　바르르 바르르 뭉쳐 있다


　　(…중략…)


　　무허가 골목
　　다리 절던 리어카들은 다 어디로 갔을까


　　적막하다
　　하늘 맑은 날
　　청계로 골목에 남겨진
　　신발 한 짝
　　─「그날의 청소」 부분


　서울시는 도심의 균형 발전, 환경보호, 서울의 역사성 회복 및

문화 공간 창출 등의 명목을 내세워 2003년 7월 1일부터 2005년 10월 1일까지 청계천 복원 사업을 실시하였다. 결과의 성공 여부를 따지기 전에 실행 과정에서의 문제점들이 많이 지적되었다. 그중에서도 가장 큰 문제는 하루아침에 삶의 터전을 잃게 된 상인들에 대한 보상에 관한 것이었다. 하루 치의 식량을 구하기 위해 청계천에 모여들던 '개미' 같은 사람들, "머리카락 한 올 끌어다 철심을 박고 / 바르르 바르르 뭉쳐 있"는 그들의 힘은 미약할 뿐이었다. '철심' 같은 생존 본능까지도 기득권을 갖고 있는 사람들에게 있어서는 '머리카락'처럼 가볍게 날려버릴 수 있는 대상이었다. 복원 사업이 마무리되고 언론의 관심이 다른 곳에 집중되면서 그들의 안타까운 사연들은 또 한순간에 잊혔지만 어디에선가 아직까지도 그들의 눈물은 계속되고 있을 것이다.

이렇듯 권력의 낮은 위치에 놓여 있는 사람들은 그들 스스로의 의지와 관계없이 사회적으로 부당한 희생을 강요당하는 경우가 많다. 이러한 과정들은 삶의 의지가 꺾이는 결과로까지 이어지는데, 시인의 시선이 거기에 가닿을 수밖에 없는 것은 그들의 삶에서 심정적인 동질감을 느끼기 때문이다. 종류가 다를 뿐 균열이 간 마음의 상태는 동일한 것이다.

　비 오는 날 아침 티브이 뉴스에서

　탯줄을 갓 잘린 영아가

　신문지 두루마리에 싸인 채

쓰레기통에 버려졌다고 떠든다
채널을 돌리니
비시 칠 세기경
어느 고급 무덤에서 발견된 미라를
건드리면 깨질까 불면 날아갈까 싸고 또 싸맨 채
장정 댓 명이 우러러 받들어 모시느라 쩔쩔매고 있다


하느님 저들이 한 자궁에서 나온 거 맞죠?
이 불구의 세월도 꽃인 거죠?
—「간격」 전문


  시인이 「그대로 놔둬라」라는 시에서 "왜 세상은 사람 속에만 들어갔다 나오면 / 왜곡되고 뒤틀리나"라고 한탄하고 있는 것처럼, 인간의 시각이라는 것은 모순들로 가득 차 있다. 상황에 따라 수없이 바뀌기도 하고, 이득의 유무에 따라 계속해서 자리를 옮긴다. "신문지 두루마리에 싸인 채 / 쓰레기통에 버려"진 '영아'와 "어느 고급 무덤에서 발견"되어 "우러러 받들어 모"셔지고 있는 '미라'의 대비되는 모습은 인간의 "왜곡되고 뒤틀"린 시각을 선명하게 보여준다. "한 자궁에서 나온" 인간이 배경에 따라 버려지기도 또 받들어 모셔지기도 하는 모순, 시인은 이렇게 "왜곡되고 뒤틀"린 인간의 의식을 '불구'라는 단어로 압축한다.
  "불구의 세월"을 건너고 있는 사람들은 누구나 불구의 신세를

면할 수 없다. 시대의 흐름을 그대로 따른다고 할 때 이미 올바른 시각을 포기한 것이고, 올바른 시각을 잃지 않기 위해 노력할 때 그는 그가 속한 인간의 무리에서 불구자 취급을 받기 때문이다. 따라서 깨어 있는 자들은 또다시 자신이 '꽃'처럼 아름다울 수 있는지에 대하여 절망감을 느낄 수밖에 없다.


## 3. 절망의 바닥

우리가 인간이라는 것을 잘 알고 있다면, 조금이라도 절망하지 않고 있는 인간은 한 사람도 없다고 말할 수 있을 것이다. 인간의 가장 깊은 내면에는 동요·알력·분열·불안 따위가 늘 내재되어 있다. 이러한 고찰은 사람들을 낙심시키는 어두운 견해로 생각될 것이다. 그러나 결코 그렇지 않다. 그것은 어둠이 아니다. 오히려 반대로 사람이 흔히 어느 정도의 어둠 속에 스스로를 버려두고 싶어 하는 것은 빛 가운데로 끌어올리려 노력하는 것이다.[3]

자아와 사회, 인간 자체의 균열을 발견한 사람들은 때로 삶에 대해 손을 놓게 된다. 그것은 어느 면에서 볼 때 도피이며 절망이다. 하지만 반대의 측면에서 볼 때에는 자기 성찰의 기회이며 재충전을 위한 휴식의 기간이기도 하다. 절망의 가운데 있을 때

---

3) 키에르케고르, 박병덕, 『죽음에 이르는 병』, p.55~56 요약(육문사, 1985).

자신을 객관적으로 바라보고 판단할 수 있게 되는 경우도 많기
때문이다.


　　　추녀 끝에서 낙수가 흑흑 떨어진다
　　　겹겹 어스름을 껴입은 바람이
　　　창틀에 기대 극도로 예민해진다
　　　멀쩡하던 산이 돌연 등을 보이고
　　　텃밭에선 풀잎들이 연신 어깨를 들먹인다
　　　뻐꾸기는 멀리까지 날아가서 돌아오지 않는다
　　　울음의 홈통을 따라가다 소용돌이에 걸려든 바람
　　　창 너머로 연신 넘어지고
　　　그 뒤통수를 바라보던 맨드라미
　　　명치에 검붉게 멍이 든다
　　　벼랑 끝으로 내몰린 빗방울
　　　전선에서 뛰어내린다
　　　깨진 저 빗방울
　　　이젠 어디로 가나
　　　너에게서 깨진 나는 또 어디로 가나

　　　소쩍소쩍
　　　비를 뚫고 날아가는 새 한 마리
　　　―「어떤 저녁」 전문

저녁은 하루를 뒤돌아보기에도, 자신을 점검하기에도 좋은 시간대이다. 그것은 저녁이 갖고 있는 적절한 농도의 어둠으로 가능해진다. 혼란스러운 외부의 상황을 어느 정도 차단시켜주는 어둠은 절망의 감정 상태와도 맥을 같이하는데, 절망도 일정 부분의 포기를 전제로 하기 때문이다. 부수적인 감정을 내려놓은 상태에서 자아는 절망의 원인이 된 문제에 대하여 집중하게 된다. 그리하여 저녁은 자신에 대해 "극도로 예민해"지는 시간이 되기도 한다.

위의 시에서 절망감을 촉발하는 원인은 "너에게서 깨진 나"에 있다. '너'라는 대상과의 관계에 생긴 균열이 결국 치유할 수 없는 상태에 이른 것. 되돌릴 수 없는 관계는 나를 길 잃게 한다. "등을 보"인 '산', "연신 어깨를 들먹"이는 '풀잎', "멀리까지 날아가서 돌아오지 않는" '뻐꾸기', "울음의 홈통을 따라가다 소용돌이에 걸려든" '바람', "명치에 검붉게 멍이 든" '맨드라미', "벼랑 끝으로 내몰린" '빗방울'은 절망의 깊이가 얼마나 큰지를 보여준다. 하지만 절망이 이렇듯 아픔만을 동반하는 것은 아니다. "비를 뚫고 날아가는 새 한 마리"처럼 절망 속에는 그것을 극복할 수 있는 또 다른 길이 내재되어 있는 법. 길을 잃음으로 해서 나는 새로운 길을 얻게 되는 것이다.

새벽 네 시,

뻐꾸기가 빗속을 지나간다 뻐꾸기가 지나간다는 것은 울음

116

으로만 확인된다 저 울음의 늑막은 소리로 가득하다 어둠 속
에서 딸꾹 딸꾹 갈비뼈가 출렁일 때마다 소리가 범람한다 소
리가 빠져나오면 벽 속에 곰팡이가 슬지 않는다

눈물로만 번식되는 울음이 있다 소리를 잘라먹고 눈물만 지
고 다니는, 그의 길은 언제나 축축하다 눅눅한 것들과 근친 관
계인 그는 밟히면 깨질 영혼의 집을 들고 다닌다 물속의 적막
이 천천히 말라가는 동안 그의 일생도 말라비틀어진다

울음에 둥둥 뜬 달팽이 한 마리 머위 한 그루 흔들어놓고
느린 배밀이로 끊임없이 길을 밀고 나간다 길과의 저 끈끈한
관계 보송보송한 날에도 민감한 촉수로 음습한 방을 전전한다
달팽이, 그의 열락이 눈물 속에 있다고 믿는다

그래서 나는 늘 위험하다
　　―「울음에 뜨다」 전문

저녁이 절망의 시작이라면 새벽은 절망의 가장 깊은 바닥이다.
시인은 이 시간대 "울음에 둥둥 뜬 달팽이"가 되어 "음습한 방"
에 놓인다. 그리고 그 방에서 부정할 수 없는 존재의 허무와 만
난다. 그것은 "밟히면 깨질 영혼의 집"을 짊어지고 사는 자신의
모습이다. "민감한 촉수"를 움직여 생각을 진전시켜도 이 근본적

인 절망을 벗어날 수 있는 방법은 찾을 수 없다. 결국 시인은 모든 "열락이 눈물 속에 있다고" 인정할 수밖에 없다.

존재의 불완전함을 인정하는 일은 스스로를 눈물 속에 가두는 "위험"한 행위처럼 보인다. 하지만 결코 그렇지 않다. 오히려 그것을 인정하지 못할 때, 아닐 거라고 발버둥을 칠 때 절망은 계속해서 인간을 괴롭힐 것이기 때문이다. 마음을 비우고 나면 절절했던 감정도 가벼워지듯이, 눈물을 자신의 몫으로 인정한 이상 눈물에 의한 상처는 줄어들 것이다.

이렇게 볼 때 인간의 삶에서 절망은 결코 없어서는 안 되는 요소이기도 하다. 그것은 조금 더 성숙한 인간을 만드는 거름이기 때문이다.


## 4. 허공의 돌 하나

동양의 성현들은 그들이 범, 혹은 도에 관하여 언급할 때 '공' 또는 '허' 등의 용어를 사용하지만 그것은 일상적인 공허를 뜻하는 것이 아님을 분명히 해왔다. 오히려 그것은 무한히 창조적인 가능성을 지닌 '공'을 뜻하는 것이었다.[4] 그릇이 비어 있을 때 무

---

4) 프리초프 카프라, 이성범·김용정, 『현대 물리학과 동양사상』, p.236(범양사, 1997).

엇이든 담을 수 있는 가능성이 열리듯이, 사람의 마음도 거기 허
공을 하나 들여놓을 때 넉넉해질 수 있다. 시인은 이제 절망을
가지고 만든 허공의 눈으로 세상을 바라본다.


울음이 노래로 치환되는 절명의 순간을 위해
탕 탕 제 목에 구멍을 뚫는 매미
절벽을 타고 공중에서 하늘로
이 울음에도 못 끼면 추락하고 만다고
휴일도 없이 오밤중에도 매애애매애애앰……


오늘도 도심 높은 가지에서
득음의 세상을 위해 야근을 하는 아이에게
밥은 먹었니? 실없이 안부를 묻고 돌아선다


매미 울음 흑흑 살을 파고든다
―「성장」 부분


　　도시의 소음이 더해질수록 매미의 울음도 함께 커진다. 여름철
밤낮없이 울어대는 매미는 더 이상 사람들에게 있어 낭만의 대상
이 아니다. 잠을 설치게 된 사람들은 매미에 대해 짜증을 증폭시
키면서 스스로의 마음을 더럽힌다. 매미의 터전을 없애고 그 울
음을 키운 건 인간인데, 그 사실을 잊고 매미를 탓하는 모순을

범하고 있는 것이다. 어쩌면 매미의 울음은 이제 인간만이 아니라 자연의 모두가 어울려 살아야 한다는 경고의 메시지인지도 모르겠다.

하지만 시인의 허공 속으로 "파고든" 매미 울음은 다른 의미를 갖게 된다. 그것은 "득음의 세상"을 위한 몸부림이다. "울음이 노래로 치환되는 절명의 순간을 위해 / 탕 탕 제 목에 구멍을 뚫는 매미"를 통해 시인은 또 하나의 깨달음을 얻는다. 자신의 울음도 언젠가는 노래가 될 수 있을 거라는 희망이 마음속 허공으로부터 태어나는 것이다.

구절초 한 그루
머리를 산발한 채 쓰러져 있었습니다
비 떼가 분탕질하고 돌아간 저녁
뿌리가 뚝뚝 부러져 있었습니다
산 가득 저녁의 냄새를 물들이는 바람
바람과 바람 사이
꽃의 비늘과 꽃 속의 그늘이
캄캄하게 젖었습니다
돌 하나 가만히 목에 고여주고 내려왔습니다
무능하게도 그 짓밖에는 할 일이 없었습니다
얼마 후 다시 가보니 해쓱한 꽃이
제 뼈에서 실을 뽑아 발가락을 꿰매고 있었습니다

우주의 끝자락에 가까스로 저를 깁고 있었습니다
무릎을 접고 앉아 나는 고요해졌습니다


돌 하나 고여준 인연이 삼십 년이 되었습니다
그 인연
가히 천 년은 되리라 홀로 믿습니다
　　　　　　　　　　　　　　　　　　　　ㅡ「돌 하나 고이다」 전문


　시인이 만들어낸 허공은 세상의 아픈 상처를 함께 나누는 미덕을 지녔다. 스스로의 절망을 통해 타자의 절망을 읽어내는 눈을 갖게 된 것이다. 그리하여 "캄캄하게 젖"은 "꽃의 비늘과 꽃 속의 그늘" 속에서 자신의 모습을 발견하게 된다. 이런 동병상련의 마음이 "뿌리가 뚝뚝 부러져 있"는 '구절초'의 "목에" "돌 하나 가만히" "고여주"는 행위로 나타나고 있는 것이다. 이런 행위가 어찌 보면 "무능하게"만 보일 수 있으나, 그것으로 구절초는 "가히 천 년은" 이어갈 생명을 다시 얻은 것이니 세상의 어떤 일보다도 위대하다고 할 수도 있을 것이다.
　세상에는 '뿌리'를 잃고 절망에 시들어가는 울음들이 넘쳐난다. "우주의 끝자락"에서 앓고 있는 그들에게 가장 위안이 되는 것은 "돌 하나 고여"줄 수 있는 '인연'일 것이다. 서로가 서로에게 그런 인연이 되어준다면 세상의 어떤 절망도 어렵지 않게 넘길 수 있으리라. 그런 의미에서 이종남 시인의 이번 시집은 상처를 받쳐주는 '돌'이 될 것이다.

이제 올라서겠다는 듯

가장 낮은 곳으로 내려가
저를 썩혀
숲의 귀를 환히 틔운다는
천년의 그 고운 길을 가보겠다는 듯

용기를 내보겠다는 듯

툭
나뭇잎 하나 떨어진다
―「늦가을」 전문

가을이 깊어가고 있다. "저를 썩혀 / 숲의 귀를 환히 틔"우는 낙엽들, 제가 있던 자리에 허공을 매달아놓고 잎은 진다. 이 시집과 함께 겨울을 견뎌낼 저마다의 허공을 준비하는 것도 의미 있는 일이 될 것이다.

# 돌 하나 고이다

초판 1쇄   2011년 11월 3일
지은이   이종남
펴낸이   김영재
펴낸곳   책만드는집

주소   서울 마포구 합정동 428-49번지 4층 (121-887)
전화   3142-1585·6
팩스   336-8908
전자우편   chaekjip@naver.com
출판등록   1994년 1월 13일 제10-927호
ⓒ 이종남, 2011

* 이 책의 전부 또는 일부 내용을 재사용하려면 사전에 저작권자와
  책만드는집의 동의를 받아야 합니다.
* 잘못 만들어진 책은 구입하신 서점에서 교환해드립니다.
* 이 책은 경기문화재단 문예진흥기금으로 발간되었습니다.

ISBN   978-89-7944-378-3  (04810)
ISBN   978-89-7944-354-7  (세트)